내 자리 찾기

내 자리 찾기

"성장의 기억을 마주하는 순간들"

차 례

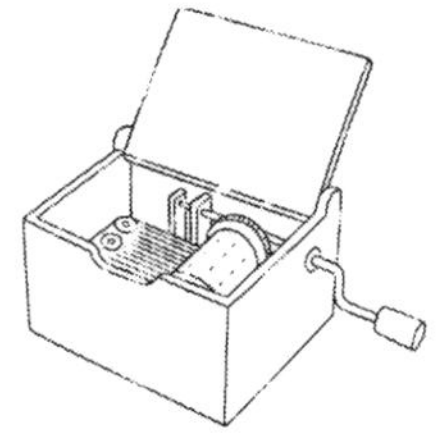

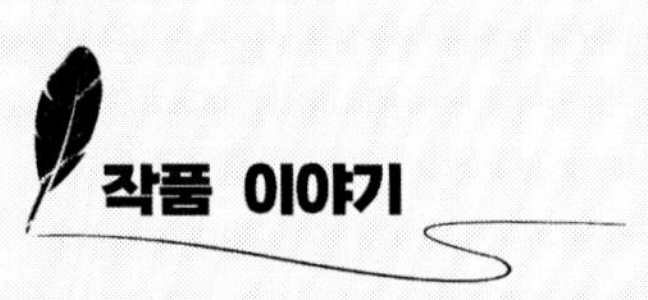

『내 자리』는 수원시 팔달구 행궁동을 배경으로 한 로컬 이야기입니다. 평화로운 동네에 발생한 작은 사건을 통해 지역의 정체성과 개인의 성장을 담아내고자 했습니다.

주인공은 동네 골목, 수원화성, 화성행궁 등 익숙한 공간을 누비며 사라진 아이들을 찾는 여정을 이어갑니다. 그 과정에서 그동안 무심히 지나쳤던 내가 사는 지역의 역사와 풍경을 새롭게 바라보게 됩니다. 사건 해결 자체보다 중요한 것은 자신과 타인의 '자리'를 이해하고 받아들이는 성장입니다.

『내 자리』는 수원 화성과 행궁동의 아름다움 속에서 서로의 삶을 존중하며 살아가는 공동체의 가치를 전하고자 하는 이야기입니다.

내 자리

"삐용삐용!"

경찰차 사이렌이 온 동네를 뒤흔들었다.

"대체 무슨 일이야?"

창밖을 내다보니 집 앞에 경찰차가 멈춰 서 있었고, 그 주위로 동네 사람들이 잔뜩 몰려 웅성거리고 있었다. 개교기념일이라 오랜만에 늦잠을 자려고 했는데, 이런 소동에 집 안에 가만히 있을 수가 없었다.

나는 세수도 하지 않은 채 급히 밖으로 달려나갔다. 동네 아이들은 까치발을 세운 채 무슨 일인지 궁금해하며 어른들 사이를 기웃거리고 있었다.

나는 그 사이로 파고들어 동네 아주머니 한 분에게 조심스레 물었다.

"아줌마. 무슨 일이에요?"

아주머니는 흘깃 나를 보더니 고개를 저었다.

"애들은 몰라도 돼. 네가 신경 쓸 일이 아니니 얼른 집에 들어가거라."

그러면서 두 손을 휘휘 저어 나와 아이들을 멀리 쫓듯 내몰았다.

나는 입술을 삐죽 내밀며 속으로 투덜거렸다.

'치, 어차피 금방 소문 다 퍼질 텐데…….'

이런 일은 금세 동네방네 알려지게 마련이다. 내일 학교에 가면 분명 아이들이 이 얘기로 떠들썩할 게 눈에 훤히 그려졌다.

내가 사는 곳은 수원시 팔달구 행궁동이다. 세계문화유산에 등재된 수원화성으로 둘러싸인 이곳은 주말마다 관광객으로 북적인다. 골목에는 각종 벽화와 아기자기한 조형물이 가득하고, 예쁜 카페와 음식점들도 많다. 몇 년 전부터 이곳을 여행하는 외국인 관광객도 늘었다. 이렇게 평화로운 동네에서 사건이라니, 정말 어울리지 않는 일이었다.

"어머, 언제 없어졌대?"

경찰차 옆에서 웅성거리는 어른들 사이로 흘러나온 소문 조각들을 귀동냥했다.

"요 아래 다문화 가정, 그 집 아이들이래."

"아, 그 형제 말이지?"

“엄마는 직장 다닌다고 하더라고.”

“어머. 자기는 그걸 어떻게 알았대?”

“지난번에 저기 버스 타는 데서 그러더라고. 통근버스 기다린다고.”

“한국말은 잘해?”

“그럼, 여기 산지 벌써 십 년이 다 되어 간다는데.”

귀동냥으로 전해 들은 이야기로 사건의 자초지종을 알 수 있었다. 말들을 모두 조합해보니 승민이네 뒷집의 꼬마 두 명이 사라진 사건이었다.

꼬마 녀석들은 익히 잘 알고 있다. 동네에서 늘 보아왔던 녀석들이었으니까.

놀이터는 항상 녀석들의 차지다. 두 녀석 모두 어찌나 짓궂은지 우열을 가리기 힘들 정도다. 아무한테나 반말하고, 수가 틀리기라도 하면 나이나 숫자는 아랑곳하지 않고 덤벼든다. 게다가 말도 안 통한다.

“야! 우리 여기서 놀 거니까 너희들은 딴 데 가서 놀래?”

“싫어.”

“형이 말하는 거 안 들려?”

“어쩌라고, 저쩌라고.”

이런 식이었다.

그 아이들을 혼내주려 하면 어른들이 나서서 우리를 비난했다.

“너희보다 어린 애들한테 그러면 되겠니? 동생한테 양보해야지.”

우리가 녀석들보다 크다는 이유 때문이다. 그 사실을 잘 알고 있는 녀석들은 언제나 기고만장했다. 꼬마 녀석들이 얄밉긴 하지만 갑자기 사라졌다는 얘기를 들으니 걱정이 되었다. 그새 미운 정이라도 든 모양이다.

남의 일이라고 그냥 지나치기에는 마음이 걸렸다. 자주 봤던 아이들이라 내가 무언가를 해야겠다는 생각이 들었다. 이 사건을 해결하기 위해 내가 무엇을 할 수 있을지는 모르지만, 그냥 가만히 앉아서 강 건너 불 보듯 하고만 있을 수는 없었다.

나는 승민이에게 전화를 걸어서 사라진 꼬마 녀석들을 찾아보자고 제안했다.

“승민아, 우리 그 꼬마들 좀 찾아보자.”

“뭐? 사라진 꼬마를 찾는다고? 그걸, 왜 우리가 해.”

“우리만큼 이 동네 지리를 잘 알고 있는 사람도 없잖아.”

나는 승민이를 설득하기 위해 그 어느 때보다 더 큰 노력을 기울였다.

“이건 우리 동네에서 일어난 일이야. 게다가 그 녀석들도 잘 알잖아.”

고민이 되는지 승민이는 말이 없다가 한참 만에 입을 열었다.

“찾을 수 있을까?”

“가만히 앉아서 모르는 척하는 것보다 낫잖아.”

“그래, 좋아. 금방 나갈게.”

잠시 뒤, 승민이는 생뚱맞게 쌍안경을 들고 나타났다.

“그 쌍안경 잘 보이는 거야?”

“당연하지, 작년 크리스마스 때 선물 받은 건데 운동장 끝에서 끝까지 다 보여.”

겉보기엔 장난감처럼 보였지만, 그 쌍안경이 이번 사건을 풀어내는 데 의외로 쓸모가 있을지도 모른다.

나는 꼬마 녀석들이 어딘가에 단서를 남겼을 거라는 생각이 들었다. 어떠한 사건이건 단서가 있기 마련이니까.

사건을 해결하려면 흩어진 조각들을 하나씩 맞춰 퍼즐을 완성해야 했다. 우리는 단서를 찾기 위해 주변 인물들을 떠올렸다. 승민이는 험상궂은 인상의 중국집배달원 아저씨를 언급했다.

“그 아저씨가 아이들을 봤을지도 몰라. 아마, 그 아저씨라면 알 거야.”

아저씨는 큰길 건너에 있는 중국집에서 일하는 배달원이다. 아저씨는 100m 밖에서도 한눈에 알 수 있을 정도로 동네에서 눈에 띄는 사람이었다. 오토바이를 거칠게 몰아서 소란스럽고, 심한 사투리 때문에 늘 부산스러워 보였다. 자신의 풍채만 한 넉살로 여기저기 참견하며 들쑤시고 다니는데, 동네에서 가끔 본다고 아는 척하며 싱긋 웃어주는 재치는 부담 백배!

험상궂은 인상만큼이나 부담스러운 센스다.

하지만 아이들에게 무척 친절했고 이 동네의 지리를 훤히 꿰뚫고 있었다. 게다가 배달을 하는 길에 꼬마 녀석들을 보았을 가능성도 있었다. 우리는 단서를 찾기 위해 배달원 아저씨를 먼저 찾아가기로 했다.

중국집 입구에서부터 풍겨오는 고소한 냄새가 우리의 후각을 자극했다. 마침, 점심이 지난 시간이어서인지 식당은 한가했다.

"어서 오세요. 몇 분이세요?"

마른걸레로 식탁을 닦던 주인아주머니가 기계적으로 인사했다.

자리에 앉지 않고 쭈뼛거리고 서 있자 주인아주머니가 우리를 보고 물었다.

"주문 안 할 거니?"

"네. 저희는 배달 아저씨 찾는데요. 안에 계세요?"

"짜장면 주문했니?"

"그건 아니고, 아저씨한테 물어볼 게 있어서요……."

나는 연신 침을 삼키며 주인아주머니에게 대답했다.

"배달하는 사람이 어디 갔겠니? 배달하러 갔지. 아, 그런데 김 씨는 왜 아직 안 오는 거야? 배달이 밀렸는데."

주인아주머니가 투덜거리며 대답했다.

"아이들 두 명이 실종되었다고 하던데. 혹시, 못 보셨어요?"

"그러니?"

주인아주머니는 아직 소식을 듣지 못한 모양이었다.

나는 단서를 찾기 위해서 꼬마 녀석들의 인상착의를 설명했다.

"그러고 보니 아까 웬 녀석들이 문 앞에서 기웃거렸던 거 같기도 하고."

"어디로 갔는지 생각나세요?"

"글쎄다. 행궁 쪽으로 갔던 것 같긴 한데."

"네, 감사합니다."

인사를 하고 부리나케 빠져나오려는데 주인아주머니가 뒤늦게 생각난 듯 말을 이었다.

"그런데 말이야. 배달하는 김씨 만나면, 배달이 밀렸으니 빨리 들어오라고 전해줄래?"

우리는 그러겠다고 대답하고 아이들이 간 방향으로 발길을 돌렸다.

주인아주머니의 말처럼 꼬마 녀석들이 화성행궁에 놀러 갔을 수 있다는 생각이 들었다. 마침, '문화가 있는 날'이라 입장료가 무료이기 때문이다.

나와 승민이는 의기양양하게 화성행궁 안으로 들어갔다. 꼭 일 년 만의 방문이었다. 가까이 살아서 그런지 오히려 찾아올 기회가 더 적은 것 같다. 먼 곳에서 살면 일부러라도 찾아오겠지만, 언제든지 갈 수 있다고 생각하니 선뜻 찾지 못하는 것 같다.

우리는 행궁 입구에 있는 커다란 느티나무 앞에서 아이들을 찾을 수 있게 해 달라고 소원을 빌었다.

행궁 정문인 '신풍루'로 들어서자마자 놀잇거리가 눈에 띄었다.

"어? 이거 투호 아니야? 우리 누가 더 많이 넣는지 해볼까?"

내가 먼저 던졌는데, 화살은 통에 들어갈 듯 말 듯 하더니 결국에 바닥에 떨어지고 말았다. 생각보다 쉽지 않았다.

"우리 이러고 있을 시간 없어. 빨리 아이들이나 찾아보자."

"맞다."

우리는 화성행궁 곳곳을 누비며 아이들이 있을 만한 곳을 샅샅이 살폈다. 그러다 '정화수를 뜨는 우물'이라는 설명이 붙어 있는 '제정'을 발견했다.

"아이들이 이 안에 들어간 것은 아니겠지?"

우물 속을 들여 봤지만, 아무것도 없었다.

우리는 숨바꼭질이라도 하듯 행궁 안의 물건들을 유심히 살펴보며 걸음을 옮겼다. '복내당'이라고 쓰인 곳을 지나 '뒤주'가 있는 곳에 다다랐다. 문득, 역사의 한 귀퉁이가 어렴풋이 스쳐 가는 느낌이 들었다.

승민이가 물었다.

"사도세자가 여기에 갇혀 있던 거지?"

나는 고개를 끄덕였다.

"맞아. 얼마나 갑갑했을까? 그나저나 아이들이 여기에 있는 건 아닐까?"

뒤주를 막 열어보려는 순간이었다.

"학생. 그거 만지면 안 돼."

관람객으로 보이는 아저씨 한 분이 엄한 표정으로 말했다. 우리가 짓궂은 장난꾸러기라도 되는 줄 아셨던 모양이다. 이래 봬도 아이들을 찾기 위해 고군분투 중인데 말이다.

"이 안에 아이들이 들어갔는지 보려고요."

"웬 뚱딴지같은 소리냐?"

하긴 녀석들이 이런 곳에 들어가지는 않았을 거다.

"여긴 없나 봐. 나가서 찾아보자."

우리는 관람객 아저씨의 눈길에 쫓기기라도 하듯이 얼른 화성 행궁을 빠져나왔다.

"도대체 꼬마 녀석들이 어디로 간 걸까?"

"아무래도 배달원 아저씨를 찾아서 물어보는 게 더 빠를 것 같아."

"그럼, 아저씨부터 찾아보자."

우리는 어디로 가야 할지 갈피를 못 잡은 채 두리번거렸다. 그때 자전거를 탄 사람들이 우리 곁을 스치듯 지나갔다.

"승민아. 우리 공유 자전거 빌리는 거 어때? 자전거를 타면 훨씬 빨리 움직일 수 있잖아."

"그거 좋은 생각이네."

승민이와 나는 공유 자전거를 탄 적이 있었다. 엄마가 허락해

주셔서 핸드폰에는 앱도 설치되어 있고.

　우리는 공유 자전거를 찾으려고 미술관을 지나 화서문 쪽으로 발걸음을 옮겼다. 조금 가자, 주택가 앞에 줄지어 세워진 자전거들이 눈에 들어왔다.

　자전거를 탄 우리는 주택가를 빠져나왔다. 그리고 성곽을 따라 화서문을 지나 장안문까지 달렸다. 페달을 힘껏 밟자 바람이 사방에서 몰려들어 온몸을 감쌌다. 성곽 위 깃발들이 휘날리는 모습이 보였다. 나도 깃발처럼 바람에 흔들리는 것 같았다. 피부에

닿을 때마다 바람이 내 품으로 파고드는 듯한 느낌이 들어서 기분이 좋았다.

배달원 아저씨의 모습은 끝내 보이지 않았다. 있어야 할 곳에 있지 않은 것이다. 지금의 우리처럼…….

화서문에서 장안문을 거쳐 창룡문까지, 자전거를 타고 한 시간 가까이 돌고 나니 힘이 빠질 대로 빠졌다. 그래서 배달원 아저씨나 꼬마들의 행방을 찾아 나설 엄두가 나지 않았다.

우리는 자전거를 반납한 뒤, 잠시 쉬어가자는 생각에 방화수류정 앞에 멈췄다. 버드나무 잎을 하나 따서 물 위에 띄워 보기도 하고, 돌멩이를 던지며 파문이 퍼지는 모습을 바라보는 사이, 어느새 해가 저물고 있었다.

붉은 노을이 도시의 하늘을 살포시 덮었다. 방화수류정에 비친 노을빛은 말로 다 표현할 수 없을 만큼 아름다웠다.

우리는 노을빛에 물든 하늘을 바라보다가 화성행궁 앞 광장으로 걸음을 옮겼다. 광장을 비추는 색색의 조명이 하나둘 켜지기 시작했다. 불빛을 머금은 화성행궁은 한층 더 화려하고 예쁘게 보였다.

"넌 왜 꼬마들을 찾으려고 한 거야?"

승민이가 느닷없이 물었다.

"글쎄."

대답할 말이 떠오르지 않았다.

‘나는 왜 녀석을 찾고 싶었던 걸까?’

멀리 팔달산 정상의 서장대가 붉은 노을을 배경 삼아 모습을 드러냈다. 거리는 멀었지만, 망원경으로 들여다보니 손에 잡힐 듯 가까워 보였다.

“서장대에 한 번 가보지 않을래?”

승민이가 대뜸 물었다.

“너. 저기까지 올라가려면 얼마나 힘든 줄 알아?”

나는 정색하며 받아쳤다.

“그 녀석들 혹시, 저기에 간 거 아닐까?”

승민이가 고집스럽게 덧붙였다.

“에이, 설마. 녀석들이 저길 왜 가겠어. 뭐가 있다고…….”

그러나 이미 오후 여섯 시에 가까운 시간이었다. 더 늦게까지 밖에 있었다간, 집에 돌아가서 엄마에게 잔뜩 혼날 게 뻔했다. 녀석들을 찾지 못한 게 마음에 남았지만, 어쩔 수 없었다. 우리 는 결국 서로 헤어져 각자의 집으로 발걸음을 돌렸다.

밤 9시쯤 됐을 때, 녀석들을 찾았다는 소식이 들려왔다. 중국 집배달원 아저씨가 배달을 가던 중 우연히 서장대 근처에서 녀 석들을 발견했다는 것이다.

맙소사! 승민이의 말대로 서장대에 올라갔다면, 우리가 아이들 을 찾았을지도 모를 일이었다.

"내일 승민이한테 한 소리 듣는 거 아니야? 그런데 꼬마 녀석들은 왜 서장대까지 올라간 거지? 올라가려면 꽤 힘들었을 텐데……."

문득, 녀석들은 왜 그곳에 가려고 한 건지 궁금해졌다.

녀석들은 거기까지 걸어가면서 무슨 생각을 했을까? 높은 곳에 올라가서 수원 시내를 내려다보고 싶었던 것일까?

목표는 보이지 않고 길은 멀었을 텐데 녀석들은 자신들의 목표를 잃지 않고 한 계단 한 계단 올라갔을 것이다. 할 수 있다는 희망을 잃지 않고 자신만의 성을 쌓았을 것이다. 왠지 모르지만, 녀석들의 용기가 대견했다.

문득 놀이터는 이제 녀석들의 차지가 될 것 같다는 생각이 들었다. 놀이터에는 녀석들의 천진난만한 웃음소리가 떠나지 않고, 화성을 감싸는 성벽처럼 굳건히 자리할 것이다.

『기억을 걷는 시간』은 치매라는 현실의 아픔을 '시간여행'이라는 상상 속 장치를 통해 바라본 이야기입니다. 치매로 인해 사라지는 기억을, 과거로 돌아간 대가로 잃게 되는 추억에 빗대어 표현하고 싶었습니다. 아픈 현실 속에서도 희망과 의미를 발견할 수 있기를 바랐습니다.

저는 치매 환자를 동정이나 두려움의 시선이 아닌, 공감과 이해의 눈으로 그리고 싶었습니다. 치매를 노화에 따른 이해할 수 없는 증상이 아니라, 한 사람의 삶이 남긴 흔적이자 서사로 보았습니다. 주인공 역시 할아버지의 비밀을 알게 되면서, 그 무게를 함께 나누려 했던 가족의 마음을 이해하게 됩니다. 기억과 상실, 그리고 가족의 사랑을 통해 세대를 잇는 마음의 연대가 독자들에게도 전해지길 바랍니다.

기억을 걷는 시간

"도대체 어딜 가신 거야?"

학원에 갈 시간이 다 되어 할아버지를 찾는 일을 멈출 수밖에 없었다. 서호공원을 한 바퀴 다 돌아봤지만, 할아버지는 보이지 않았다.

할아버지는 하루도 빠지지 않고 서호공원을 들르셨다. 집에서 십 분 정도 떨어진 공원인데, 요즘은 나무마다 단풍이 들어 가을이 절정을 이루고 있다. 늘 같은 시간, 같은 길을 걷는 게 당연하다고 여겼는데, 막상 그 자리에 계시지 않으니 불안이 밀려왔다.

'할아버지는 어디에 계신 걸까?'

우리 할아버지는 연세가 많으시다. 요즘 들어 예전과 달리 물건을 자주 잃어버리거나 약속을 잊으시는 일이 많아졌다. 그러다 가끔은 집을 나가 행방이 묘연해질 때도 있었다. 그럴 때마다

엄마와 아빠는 혹시 치매 같은 병이 시작된 건 아닌지 불안해했
다. 할아버지를 더 세심히 살펴야 한다고 말했지만, 맞벌이 탓에
늘 시간이 부족했다. 할아버지가 집을 나간 날이면 걱정과 긴장
이 겹쳐져, 결국 부모님은 서로를 탓하며 다투기 일쑤였다.

오늘도 그런 날이었다. 요즘 우리 집은 그야말로 폭풍전야 같
은 날들이 이어지고 있으니까.

학원을 빠질까 고민했지만, 할아버지 핑계를 대며 빼먹었다가
는 집안 분위기가 더 엉망이 될 게 뻔했다. 나마저 엄마 속을
썩인다면, 집안이 정말 쑥대밭이 될지도 모른다.

"별일 아닐 거야. 이런 일이 한두 번도 아닌데 뭘."

나는 별일 아닐 거라고 스스로를 달래며 학원으로 향했다. 하
지만 수업에 집중할 수가 없었다. 자꾸만 할아버지 얼굴이 떠올
랐고, 며칠 전 나눈 대화가 머릿속을 맴돌았기 때문이다.

그날도 지금처럼 할아버지를 찾아서 온 동네를 헤매고 다녔다.
서호공원을 한 바퀴 돌아 지친 몸으로 집에 도착했을 때, 마침
할아버지를 만날 수 있었다. 그때, 할아버지가 뜻밖의 이야기를
꺼내셨다.

*

"할아버지! 어딜 갔다 오셨어요? 제가 얼마나 찾아다녔는지 아

세요?"

내 질문에도 할아버지는 대답은커녕 그저 미소만 지었다.

나는 심통이 나서 다시 쏘아붙였다.

"뭐, 좋은 일이라도 있으세요?"

"암, 좋다마다. 친구를 만났거든."

할아버지는 말끝을 길게 늘이며 의미심장한 표정을 지었다. 그리고는 나를 바라보며 덧붙였다.

"내가 깜짝 놀랄 만한 비밀을 하나 말해줄까?"

짐짓 거창한 말투였다.

"아마 넌 내 말을 믿지 못할 거다."

할아버지는 내가 조바심내길 바라는 게 분명했다.

"무슨 비밀인데요, 할아버지?"

내가 묻자 할아버지가 신이 난 듯 입을 열었다.

"사실, 나는 시간 여행자란다. 지금도 시간여행 중이지."

그 말을 듣는 순간, 가슴이 탁 막히고 머리가 멍해졌다. 혹시 할아버지가 정말 치매를 앓고 계신 건 아닐까 하는 생각이 스쳤기 때문이다. 심란한 기분을 주체하지 못하고 안절부절못하고 있을 때였다.

"내 말을 믿지 못하는 게로구나. 하지만 이걸 보면 믿게 될지도 모르지."

할아버지는 웃으며 주머니를 뒤적였다. 그러더니 군데군데 녹이 슨 양철 상자 하나를 불쑥 내밀었다.

칠이 벗겨진 양철 상자는 손바닥 안에 꼭 들어올 만큼 작았다. 얼핏 보기엔 그저 낡은 장식품 같았다.

"한번 열어 보거라."

할아버지가 말했다.

나는 조심스레 상자의 뚜껑을 열었다. 순간, 은은한 멜로디가 흘러나왔다.

"할아버지, 이거 오르골이네요"

주위는 고요해지고 내 마음엔 알 수 없는 떨림이 번져왔다. 어디선가 들어본 익숙한 멜로디가 흘러나왔다. 어릴 적 많이 들었던 클래식 곡 브람스의 자장가였다.

"어떠냐. 아주 특별해 보이지? 내 시간여행을 도와주는 물건이지."

"네? 이게 시간여행을 도와준다고요?"

"그렇다니까."

할아버지의 표정은 무척 진지했다. 오르골 멜로디에 실려 오는 할아버지의 말투가 평소와 달리 진중하게 느껴졌다.

"할아버지. 대체 이런 걸 어디서 구하신 거예요?"

할아버지는 먼 기억 속을 더듬듯 눈을 감더니, 오래된 기억을 헤집듯 천천히 말을 꺼냈다.

"전쟁 통에 얻은 거란다. 이 녀석과 동고동락한 지도 벌써 반

백 년이 다 되었구나."

그 순간, 오르골의 곡조가 한 음 한 음 또렷이 내 귀에 파고들었다. 할아버지의 말과 어우러지며, 나도 모르게 등줄기를 타고 전율이 흘렀다.

"6.25 전쟁 말씀하시는 거예요?"

나는 호기심과 두려움이 뒤섞인 채로 할아버지를 바라봤다. 이제 막 펼쳐지려는 이야기가, 그저 추억담이 아닐 것 같은 예감이 들었다.

아, 맞다! 우리 할아버지는 국가유공자다. 할아버지는 전쟁 얘기를 꺼리셔서 웬만해선 그런 이야기를 입 밖에 내는 일이 없었다. 그래서 내가 알고 있는 건 모두 귀동냥으로 전해 들은 조각난 이야기들뿐이다.

할아버지는 동란이 시작되자마자 한국군에 강제 징집되었고, 군 복무 기간 동안 셀 수 없이 많은 생사의 고비를 넘겼다고 했다. 전쟁이 끝나고 고향으로 돌아오셨지만, 기다리고 있던 건 피란길에 오른 가족들이 공습으로 뿔뿔이 흩어졌다는 비보뿐이었다. 내가 태어나기 전에 있었던 전국적인 이산가족 찾기 방송에서도 할아버지는 끝내 가족을 찾지 못하셨다.

할아버지의 인생 역정을 들으며 자라왔지만, 솔직히 내게 6.25 전쟁은 너무 멀게만 느껴졌다. TV 다큐멘터리나 역사책에서 본 이야기일 뿐, 지금과는 전혀 다른 시대의 일처럼 느껴졌으니까.

내가 오래된 오르골을 손에 든 채 어리둥절해 하고 있을 때, 할아버지가 말을 꺼냈다.

"이건 그가 죽기 전에 내게 준 거야."

"누가요?"

"몰라. 이름도 모르는 한 젊은 병사의 유품이지."

"병사요? 한국군이요?"

"아니, 프랑스군이었어. 그 병사가 누구였는지도, 왜 내게 이걸 건넸는지도 알 수 없어."

할아버지는 오르골에 시선을 고정한 채 담담히 말했다. 그때로 돌아간 듯한 표정이었다.

*

프랑스 출신 군인, 양철 상자로 만든 낡은 오르골, 그리고 할아버지가 했던 말들…….

나는 그날의 대화를 곱씹으며 단서를 찾기 시작했다. 휴대전화로 검색하다 보니 '프랑스군 참전 기념비'라는 문구가 눈에 들어왔다. 순간, 할아버지가 그곳에 계실지도 모른다는 생각이 머릿속을 가득 채웠다. 가슴이 쿵쾅거리며 뛰었다.

'할아버지를 찾아야 해.'

나는 학원 선생님께 급한 사정이 있다고 말하고 조퇴했다. 스마트폰으로 버스노선을 검색한 뒤 프랑스군 참전 기념비가 있는 파장동으로 향했다. 학원이 있는 정자동에서 파장동까지의 거리는 생각보다 가까웠다.

프랑스군 참전 기념비는 북수원에서 의왕시로 향하는 길목, 바로 지지대고개에 자리 잡고 있다. 기념비는 한국에 파병된 프랑스군이 가장 처음 숙영지를 건설한 곳이 수원이라는 역사적 사실 때문에 이곳에 세워졌다고 한다.

버스에서 내려 십여 분쯤 걸었을까, 조그맣고 한적한 공원이 눈앞에 나타났다. 공원 양옆으로 길게 늘어선 소나무들은 세월의 무게에 가지가 굽어 있었지만, 오랜 풍파를 이겨낸 듯 단단하고 기품 있어 보였다. 바람이 불어오자 소나무 잎들이 사각거리는 소리를 냈다. 그 소리는 지금까지의 복잡한 마음을 조용히 다독여주는 것처럼 느껴졌다.

마침내 프랑스군 참전 기념비에 도착했다. 예상대로 그곳에 할아버지가 계셨다. 기념비를 둘러 보고 계셨는데, 무언가를 찾으시는 듯 온 신경을 집중하고 계신 것 같았다.

나는 할아버지를 찾았다는 안도감을 접어두고, 괜히 방해될까 싶어 발걸음을 살며시 옮겼다.

어딘가 엄숙하면서도 따뜻한 기운이 느껴지는 곳이었다. 기념비는 단정하게 다듬어진 커다란 고분처럼 웅장하게 서 있었다. 중앙에는 세 명의 군인 동상이 우뚝 서 있고, 그 뒤로는 참전

용사들의 이름이 새겨진 거대한 화강암 벽이 병풍처럼 펼쳐져 있었다. 그보다 작은 두 개의 벽이 동상을 날개처럼 감싸고 있었는데, 한쪽 벽에는 당시의 생생한 사진들이 새겨져 있었고 다른 한쪽 벽에는 한국 전쟁 참전사가 대리석에 상세히 기록되어 있었다.

회색빛 화강암에 새겨진 비문이 내 시선을 단숨에 사로잡았다. 나는 숨을 죽이고 한 글자 한 글자 천천히 읽어 내려갔다.

"정의와 승리를 추구하며 불가능이 없다는 신념을 가진 나폴레옹의 후예들! 세계의 평화와 한국의 자유를 위해 몸 바친 288명의 고귀한 이름 위에 영세 무궁토록 영광 있으라."

이름 모를 타국에서 자유를 위해 희생한 이들의 이야기 때문일까. 가슴이 먹먹해지며, 설명하기 힘든 경외감과 낯선 감정이 뒤섞인 채 차오르기 시작했다.

나는 할아버지에게 다가가며 나지막한 목소리로 불렀다.

"할아버지, 여기서 뭐 하세요?"

조심스레 묻자, 할아버지는 고개를 돌려 나를 보았다. 그리고 눈이 마주치자 살짝 웃으셨다.

"친구 만나러 왔지. 넌 어떻게 여기까지 왔냐? 날 어떻게 찾은 거야?"

할아버지가 물었다.

"이곳에 계실 것 같았어요. 예전에 보여주셨던 오르골이요. 프랑스 군인한테 받은 거라고 하셨잖아요."

내 말에 할아버지는 고개를 끄덕이며 웃으셨다.

"녀석, 역시 내 손자구나."

"할아버지. 그 프랑스 군인이 여기에 잠들어 계신 거예요?"

나는 호기심을 참지 못하고 물었다.

할아버지는 먼 곳을 바라보며 나지막이 대답했다.

"그래, 이젠 이 물건을 주인에게 돌려줘야겠구나."

"주인에게 돌려준다니요? 어떻게요?"

할아버지는 눈을 감고 숨을 고르더니, 나지막한 목소리로 말씀하셨다.

"프랑스 군인의 묘역이 여기 있으니, 그의 영혼도 이곳에 머물러 있지 않겠니?"

그 말에 더는 아무 말도 하지 못했다.

할아버지는 기념비 쪽으로 발걸음을 옮기셨다. 여느 때보다 진지한 표정이었다.

"잠시 혼자 있게 해 다오."

나는 조금 떨어진 곳에 서서 할아버지를 바라보았다.

할아버지는 고개를 숙여 묵념을 올리더니, 오래된 양철 상자를 기념비 앞 돌 위에 조심스레 내려놓았다.

“이제야 제자리를 찾게 되었구나⋯⋯.”

오르골에서 잔잔한 멜로디가 흘러나왔다. 자장가는 바람에 실려 프랑스군 참전 기념비 주변으로 퍼져 나갔다. 오랜 시간 그곳에 잠든 영혼들을 어루만지며 위로하는 것처럼 들렸다.

“할아버지, 이제 집으로 가요.”

내가 재촉하듯 말하자, 할아버지는 고개를 끄덕이셨다.

“그래, 가야지.”

그런데도 할아버지는 쉽사리 발걸음을 떼지 못했다. 기념비 벽에 새겨진 전사자의 이름들을 손끝으로 더듬으며 오랫동안 그 자리에 서 계셨다.

나는 할아버지가 스스로 떠날 시간을 받아들일 때까지 옆에서 말없이 기다렸다.

할아버지와 나는 버스를 타기 위해 효행공원을 지나, 소나무가 우거진 노송지대를 따라 걸었다. 정조가 화성 행차를 위해 지나던 옛길이었다.

걷던 중, 할아버지는 길가에 떨어진 솔방울 하나를 집어 냄새를 맡았다. 나도 솔방울을 주워들고 할아버지를 따라 했다. 솔방울에서 퍼져 나온 은은한 향이 코끝을 간질이며 머릿속까지 가득 번져왔다.

"할아버지, 이제 마음이 좀 편안하세요?"

내 바람은 단 하나였다. 그저 할아버지의 무거운 짐이 조금이라도 덜어졌기를 바라는 마음뿐이었다.

"그래. 이제야 할 일을 마친 것 같구나."

나는 머뭇거리다 조심스레 물었다.

"그런데 할아버지. 그 오르골이요. 정말 버려도 되는 거예요? 오랫동안 간직하셨던 거잖아요."

솔직히 할아버지의 말을 전부 믿는 건 아니었다. 다만 오래된 유물을 버린 것 같아 아까운 마음이 들었을 뿐이다.

"잠깐 앉자꾸나."

할아버지는 버스정류장 근처 벤치에 앉아 이야기를 풀어내기 시작하셨다. 표정은 분명 전보다 한결 가벼워 보였다.

"살다 보면 누구도 거스를 수 없는 결정을 내려야 할 순간이 오기 마련이지. 그건 선택이 아니야. 그런 게 바로 운명이라는 거다. 내겐 상자가 그런 존재였지."

"운명이라니요?"

내가 되묻자, 할아버지는 고개를 끄덕이며 말을 이으셨다.

"그래. 그 오르골 상자는 내가 원하던 때, 원하던 시간으로 나를 데려다주었단다."

나는 할아버지의 말을 듣고도 아무 말도 할 수 없었다. 평소처럼 툭 튀어나오던 질문도 입안에서 맴돌 뿐이었다.

"들려주랴?"

할아버지는 시간여행의 이야기를 꺼내기 시작했다.

사실, 할아버지도 오르골이 어떻게 시간여행을 가능하게 하는지는 모른다고 하셨다. 오르골에서 흘러나온 멜로디가 끝나면, 시간여행이 시작된다는 것뿐이었다.

"첫 번째 시간여행은 양철 상자를 받은 직후였지. 하지만 그땐 내가 시간여행을 했다고 생각하지 못했어."

할아버지의 첫 시간여행은 참혹했던 전투 한복판에서 시작됐다고 했다.

"참호 위로 포탄이 떨어졌어. 그 파편에 내 팔 하나가 잘려나 갔지."

그 순간이 떠올랐는지 할아버지의 표정이 잔뜩 찌푸려졌다.

"피를 너무 많이 흘러 정신이 혼미했어. 그렇게 쓰러진 채로 잠이 들었는데, 정신을 차려 보니 참호로 달려가는 중이었단다. 포탄이 떨어지기 꼭 한 시간 전이었지."

할아버지는 그것이 예지몽이라 생각했다고 한다. 그 덕분에 재 빨리 다른 참호로 옮겨가 목숨을 건졌지만, 이번에는 다리가 크 게 다쳤다고 했다.

"그제야 깨달았지. 꿈이 아니라는 걸. 시간이 거슬러 간 거였 어."

할아버지는 오르골 덕분에 목숨을 구했지만, 동시에 그 힘이 얼마나 무서운 것인지 깨달았다고 하셨다.

"이 얘기는 지금껏 살아오면서 누구에게도 하지 않았단다. 하 지만 너에게만큼은 꼭 해주고 싶었어. 네가 믿어줄 거로 생각했 거든."

할아버지의 말을 듣는 순간 온몸의 털이 쭈뼛 서는 듯한 강렬 한 느낌이 들었다. 내가 할아버지에게 정말 특별한 존재라는 느 낌이 들었기 때문이다.

"아, 그러고 보니 중요한 이야기를 하나 빠뜨렸구나. 참나, 내가 요즘 이렇게 깜빡깜빡한다니까."

할아버지는 말을 멈추고 나를 물끄러미 바라보셨다. 그 눈빛은 내 속마음을 꿰뚫어 보려는 것처럼 깊고도 진지했다.

"시간여행을 할 때마다 소중한 추억이 하나씩 없어지더구나."

나는 깜짝 놀라 되물었다.

"기억상실증 같은 거예요?"

"그렇다고 볼 수 있지. 군데군데 기억이 사라지는 거니까 부분 기억 상실쯤 될까."

할아버지는 벤치에 몸을 깊숙이 기대고 눈을 감았다. 잠시 침묵이 흘렀다.

"시간여행을 하다 보면 중독돼서 멈출 수 없게 되는 게 문제야. 하지만 잃어버리는 기억을 선택할 수도 없고, 사라진 추억을 다시 떠올리고 싶어도 불가능하지. 한 번 사라지면 그걸로 끝이야."

"음, 기억상실증이라……."

나는 할아버지의 말을 들으며 오르골이 지닌 비밀에 대해 생각했다.

"사라진 기억은 돌아오지 않아. 그건 기억을 잃는 게 아니란다. 자신의 일부가 완전히 사라져버리는 거지."

할아버지는 말을 마치고는 벤치에 기대어 눈을 감으셨다.

나는 할아버지에게 어떤 위로의 말도 하지 못했다.

　오르골을 주인에게 돌려주었으니, 이제 할아버지의 시간여행도 끝이 났으면 좋겠다는 생각이 들었다. 할아버지의 잃어버린 시간과 추억이 돌아올 수는 없겠지만, 앞으로는 남은 기억들이 온전히 지켜지길 바랐다.

＊

　"넌 할아버지를 어디서 만났니? 혹시, 어디 다녀오셨는지 여쭤 봤어?"

　집에 들어서자마자 엄마가 다급하게 물었다.

　"찾긴 뭘. 할아버지가 어린애도 아니고, 친구분 만나고 오셨 대."

　내가 말 끝나기가 무섭게 엄마는 또 다른 질문들을 쏟아냈다.

　"친구분? 누구?"

　"나도 몰라. 돌아가신 친구분이래."

　엄마는 말없이 생각에 잠긴 듯했다. 그러더니 혼잣말처럼 중얼거렸다.

　"그래? 그렇다면 다행이네."

　엄마는 할아버지가 돌아가신 친구분의 묘소에 다녀오신 거라고 결론을 내린 모양이었다.

　나는 할아버지와 있었던 일을 사실대로 말하지 않았다. 엄마가 들으면 큰 충격을 받을지도 모른다는 생각 때문이다. 혹시라도 불상사가 생길까 걱정되기도 했다. 엄마가 믿고 싶은 대로 놔두는 게 가장 나을 것 같았다.

"엄마, 엄마가 할아버지 많이 걱정하는 거 아는데, 솔직히 할아버지 상태가 엄마가 생각하는 것만큼 심각하지는 않은 것 같아."

내 말에 엄마는 당황한 얼굴로 나를 쳐다보았다. 웃는 건지 우는 건지, 아니면 화가 난 건지 도통 알 수 없는 표정이었다.

"어머, 이 녀석 좀 봐! 쪼끄만 게 뭘 안다고…… 너, 쓸데없는 소리 하지 말고 얼른 방에 들어가서 공부나 해!"

엄마의 성화를 피해 방으로 들어가면서 슬쩍 엄마의 표정을 살폈다. 얼핏 엄마 입가에 미소가 스치는 것이 보였다.

나는 엄마의 그 미소가 억지로 눌러 담은 웃음의 끝자락이라는 생각이 들었다.

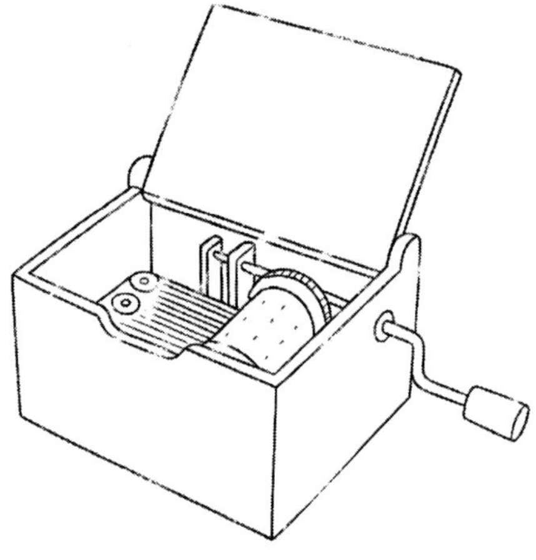

작품 이야기

『엘리베이터, 13층』은 13살 소녀 정연이가 사춘기라는 문턱에서 겪는 내면의 혼란과 성장을 담은 이야기입니다. 사소해 보이지만 마음속 깊이 남는 가족 간의 갈등, 그리고 설명하기 어려운 질투와 억울함 같은 감정을 그려보았습니다.

정연이의 이마에 남은 흉터는 눈에 보이지 않는 외로움과 상처가 어떻게 마음속에 새겨지는지를 상징하는 장치입니다. 멈춰 선 엘리베이터와 놀이터에서의 사건은 정연이가 자신을 되돌아보고, 오빠에 대한 원망의 뿌리를 직면하게 하는 중요한 순간이지요.

이 이야기를 통해 독자들이 자신의 상처와 관계를 돌아보며, 때로는 불안하고 흔들렸던 사춘기의 마음을 다시 떠올려 보길 바랐습니다. 그 과정에서 공감과 작은 울림을 얻을 수 있다면, 그것만으로도 이 작품은 제 역할을 다했다고 믿습니다.

엘리베이터, 13층

"내일은 뭘 입지?"

옷장 문을 열고 옷들을 꺼내 거울 앞에 차례로 걸쳐 보았다. 하나같이 낡고 유행이 지난 옷들이었다. 옷걸이 뒤쪽에 밀어 넣어둔 것들도 별다르지 않았다. 답답함이 치밀어 올랐다.

"맘에 드는 게 하나도 없어."

나는 엄마를 찾았다.

"엄마! 내일 입을 옷이 없어! 다 촌스러운 치마뿐이라고."

방 안에서 옷가지를 정리하던 엄마는 내 투정에 손을 멈추더니, 오빠의 청바지와 셔츠를 들어 보였다.

"이건 어떠니? 한번 입어볼래? 네 오빠는 작아서 못 입게 됐거든."

"오빠가 입던 옷을 나더러 입으라고? 엄마! 그건 남자 옷이잖아."

“요즘에 남자 옷, 여자 옷이 어디 있니? 맞는지 대보기나 해.”

엄마의 성화에 나는 입을 비쭉거리며 옷을 받아 들었다. 청바지를 입고 셔츠 단추를 채운 뒤 거울 앞에 섰다.

“어머, 잘 어울리네.”

엄마는 활짝 웃으며 말했다.

“내가 워낙 옷걸이가 좋아서 그런 거지.”

옷을 이리저리 들춰보며 매무새를 살폈다. 옷자락을 매만지며 거울 속 모습을 살폈다. 새 옷은 아니었지만, 색깔도 마음에 들었고, 몸에도 자연스럽게 맞아 떨어졌다. 그런데 문득 옷 안쪽에 붙은 상표가 눈에 띄었다.

“엄마! 이거, 저번에 내가 사달라고 했던 메이커잖아?”

상표를 본 순간 표정이 굳어졌다.

“뭐야! 비싸다고 안 사준다며. 엄마는 내가 사달라고 할 땐 안 사주고, 왜 오빠만 사준 거야!”

괜스레 화가 치밀어올랐다. 그래서 청바지를 벗어 던지며 소리를 질렀다.

엄마는 갑작스러운 내 행동에 당황한 얼굴이었다.

“네 오빠는 중학생이잖아.”

난 엄마의 말이 못마땅했다.

“엄마는 항상 오빠 먼저지!”

목소리가 커지자, 엄마의 얼굴이 금세 어두워졌다.

"얘가 오늘따라 왜 이래?"

엄마의 말이 더 억울하게 느껴졌다. 여느 때 같았으면 이쯤에서 끝냈겠지만, 오늘만큼은 도저히 참을 수 없었다. 엄마가 오빠만 챙긴다는 생각이 머릿속을 가득 채웠다.

나는 다급히 현관문으로 뛰쳐나갔다.

"정연아! 어디 가는 거야!"

엄마의 목소리를 뒤로한 채 나는 일부러 문을 세게 닫았다.

쾅!

문밖에 서서 가만히 귀를 기울였다. 혹시 엄마가 다시 나를 부르지 않을까 기대했지만, 집 안에서는 아무 소리도 들리지 않았다.

"그러면 그렇지. 엄마가 나한테 신경이나 써? 흥!"

나는 1층으로 내려가기 위해 엘리베이터 버튼을 눌렀다.

"13층, 13살……."

별다른 것 없는 숫자인데도 생일이 떠올랐다. 입가에서 싱거운 웃음이 새어 나왔다.

잠시 뒤, 엘리베이터가 도착했다. 문이 스르륵 열리자마자 눈살이 찌푸려졌다. 전면 거울에 비친 내 얼굴 때문이었다. 자연스럽게 손이 올라가 앞머리를 매만졌다. 이마에 있는 흉터를 가리기 위해서였다.

거울을 볼 때마다 가장 먼저 눈에 띄는 건 이마의 흉터였다.

오른쪽 눈썹 위에 손가락 마디만 한 크기의 흉터가 있다. 손톱 자국처럼 패여서 보일 때마다 눈에 거슬렸다. 게다가 웃고 있는 눈 모양처럼 보여, 사람들이 놀릴까 봐 더 신경이 쓰였다.

"정말 지워버리고 싶어."

나를 괴롭히는 이 흉터는 내가 다섯 살 때 생긴 거다. 오빠와 놀이터에서 놀다가 다쳤다고 한다. 하지만 그때 일이 너무 오래전이라 어떻게 다쳤는지는 전혀 기억나지 않는다.

나는 1층 버튼을 눌렀다.

"엄마는 내일이 무슨 날인지나 알고 있는 거야? 그런데 어디로 가지?"

갈 곳을 정하지 못한 채 고민에 빠졌다. 머릿속이 복잡했다. 마음 같아서는 어딘가 멀리 떠나고 싶었다. 하지만 정작 떠날 곳도 없고, 떠날 수도 없었다.

"왜 나는 사내아이로 태어나지 않은 걸까?"

여자로 태어난 게 원망스러웠다.

오빠는 어릴 때부터 집안에서 사랑을 독차지했다. 새것이나 좋은 건 언제나 오빠 차지였다.

"아들은 제사도 지내주고 든든하지만, 딸은 시집가면 그만이야."

할머니는 늘 손자가 손녀보다 낫다고 말씀하셨다.

그럴 때면 엄마가 내 편을 들어주곤 했다.

“그래도 아들보다는 딸 키우는 재미가 더 있어요.”

엄마의 그런 말들이 위로되긴 했다. 하지만 집에서는 언제나 오빠가 우선이었고, 나는 늘 뒷전이었다.

“다 오빠 때문이야.”

내가 집을 나온 것도, 이마에 남은 흉터도 다 오빠 탓처럼 느껴졌다.

내 마음은 상처로 가득했다. 이마의 흉터는 어릴 적부터 겪었던 억울함의 상징처럼 느껴졌다. 언제부턴가 이마의 흉터와 마음의 상처가 겹쳐 보였다.

나는 거울 속 내 모습을 다시 한번 쳐다보았다. 흉터를 손으로 더듬다가 고개를 숙였다.

“그냥 다 잊고 싶어……..”

나는 엘리베이터 문이 열리길 기다리며 한숨을 내쉬었다.

덜커덩, 끼익, 쿵.

엘리베이터가 요란한 소리를 내며 멈췄다.

“뭐야? 엘리베이터가 고장 난 거야?”

놀란 마음에 비상벨을 눌렀다.

삐익.

“경비아저씨! 엘리베이터가 멈췄어요. 고장 난 것 같아요. 빨리 구해주세요!”

하지만 대답은 없었다.

쾅쾅, 쾅쾅.

문득 아무도 날 찾지 못할지도 모른다는 생각이 스쳤다. 두려움이 몰려오자 심장이 쿵쿵 뛰고 손발이 덜덜 떨렸다. 겁에 질려 엘리베이터 문을 있는 힘껏 두드리기 시작했다.

"도와주세요! 밖에 누구 없어요?"

목이 터지라고 외쳤지만 아무런 반응도 없었다. 이마와 등에는 땀이 흘렀고, 온몸에 힘이 빠져 털썩 주저앉았다.

스르륵.

그때였다. 꿈쩍도 하지 않던 엘리베이터 문이 저절로 열렸다. 나는 뒤도 돌아보지 않고 엘리베이터에서 뛰쳐나왔다.

“4층……”

4층이었다. 멈춘 층을 확인하자마자 다시 엘리베이터를 타고 내려갈 용기가 사라졌다. 계단을 이용해 1층으로 한달음에 내려갔다.

“멀쩡하던 엘리베이터가 왜 이러는 거야?”

예상치 못한 일에 온몸이 녹초가 된 듯했다.

놀이터로 발걸음을 옮겼다. 그곳에 도착하자마자 벤치에 힘없이 앉았다.

놀이터 한쪽에서 아이들의 웃음소리가 들렸다. 돌아보니 어린 남매가 있었다. 남자아이는 여동생의 옷에 묻은 모래를 털어주고 있었다.

“나, 그네 타고 싶어.”

“그네는 위험하다고 했잖아.”

남자아이가 여동생을 달래려는 모습이 귀여웠다.

슬며시 아이들 곁으로 다가갔다.

“애, 너 예쁘게 생겼다. 몇 살이야?”

“네 살!”

여자아이는 네 손가락을 활짝 펴 보이며 씩씩하게 말했다.

“그네 타고 싶어? 언니가 태워 줄게. 나 그네 진짜 잘 타거든.”

여자아이는 남자아이와 나를 번갈아 보았다.

“안돼! 우리, 집에 가자. 엄마가 기다려.”

남자아이가 여동생 손을 꼭 잡으며 내 제안을 무시했다.

“너! 내가 여자라고 무시하는 거냐?”

괜히 욱한 마음에 남자아이의 손에서 여자아이를 낚아챘다. 그리고 여자아이를 무릎에 앉히고 그네를 타기 시작했다.

“어때? 언니 잘 타지? 더 신나게 해줄게!”

그네를 타며 울적했던 기분이 조금씩 풀렸다. 나도 모르게 흥이 나서 발에 힘을 주며 그네를 더 높이 밀었다.

“안 돼요!”

남자아이가 소리쳤지만 나는 아랑곳하지 않았다.

“됐거든! 안 되긴 뭐가 안 돼.”

괜히 더 소리를 높이며 으스댔다.

“히히! 언니, 더 높이! 더 높이!”

여자아이가 까르르 웃으며 즐거워했다.

그 소리에 답이라도 하듯, 땅을 세게 박차며 그네에 온 힘을 실었다. 그네가 높이 치솟자, 저녁 하늘이 붉게 물든 채 펼쳐졌다. 하늘로 날아오르는 듯한 기분에 웃음이 나왔다.

그 순간, 웃고 있던 여자아이의 얼굴이 내 시야에서 사라졌다.

콰당.

놀이터에서 들려오던 웃음소리가 뚝 끊겼다. 순간, 내 귀에는 아무 소리도 들리지 않았다.

그네가 다시 땅으로 기울자, 바닥에 누워있는 여자아이가 보였다.

"엄마! 엄마!"

남자아이는 놀란 얼굴로 아파트를 향해 내달렸다.

"얘, 정신 차려!"

나는 재빨리 그네에서 뛰어내려 여자아이를 안았다.

"아파."

여자아이의 이마에서 피가 흘러내렸다. 그네에서 떨어지며 이마를 부딪친 모양이었다. 급히 손수건을 꺼내 상처 위에 얹었다.

"미안해. 언니가 잘못했어."

나는 떨리는 목소리로 말했다.

"엄마! 빨리 와, 여기야!"

멀리서 남자아이가 놀이터를 가리키며 뛰어오는 모습이 보였다. 나는 두려움에 사로잡혀 놀이터 밖으로 나가 몸을 숨겼다.

잠시 뒤, 아이들의 엄마로 보이는 아주머니가 숨을 헐떡이며 달려왔다. 그런데 그 순간, 눈앞의 얼굴을 보고 소스라치게 놀랐다. 엄마였다.

'아……. 엄마!'

나는 숨이 멎을 듯한 기분으로 엄마를 바라봤다.

엄마는 다친 나를 끌어안고 어쩔 줄 몰라 했다.

"정연아, 괜찮아? 내가 동생 잘 보라고 했잖아!"

엄마는 어린 오빠를 꾸짖으며 단단히 나무랐다.

오빠는 잔뜩 겁먹은 얼굴로 나를 바라봤다. 아무런 변명도 하지 못하고 말없이 서 있었다.

자기 잘못이 아닌데도 놀라 어쩔 줄 몰랐을 어린 오빠를 생각하니 마음이 저렸다.

나도 모르게 이마에 손이 갔다. 흉터의 감촉이 느껴졌다. 문득 머릿속이 멍해지면서 갑자기 눈물이 솟구쳤다.

뺨을 타고 눈물이 줄줄 흘러내렸다. 무릎 사이에 얼굴을 묻고 한참 동안 꼼짝도 하지 못했다.

날이 어둑해졌지만, 벤치에서 일어날 수 없었다.

이마에 난 흉터를 오빠 탓으로만 돌렸던 지난날의 기억들이 하나둘 떠올랐다.

사실, 어떻게 다친 건지조차 제대로 알지 못하면서 막연히 오빠를 원망해왔다.

"정연아."

누군가 내 어깨를 흔들었다. 고개를 들어보니 남자아이가 서 있었다.

"미, 미안해……."

눈앞이 흐려졌다. 뜨거운 눈물이 또 흘렀다. 남자아이의 얼굴이 일그러져 보였다.

"너 여기서 뭐 해? 뭐가 미안한데?"

"어? 오빠!"

눈앞에 있던 남자아이가 사라지고 그 자리에 오빠가 서 있었다.

"너, 설마 나 기다린 거야? 아니지?"

오빠가 미심쩍다는 표정을 지으며 물었다.

"쳇. 내가 왜 오빠를 기다리냐?"

볼멘소리로 대답했지만, 속마음은 그렇지 않았다.

"그럼, 그렇지. 집에 가자. 엄마가 걱정하시겠다."

"엄마……."

갑자기 엄마가 보고 싶어졌다. 엄마 품에 안기고 싶었다. 집으로 가야 한다는 생각만 머릿속에 가득 찼다.

엘리베이터는 13층에 머물러 있었다. 기다릴 여유가 없었다.

"오빠, 누가 먼저 집에 도착하는지 내기할래?"

"뭐?"

"난 계단으로 간다!"

"정연아! 뛰지 마. 너 다치면 나 엄마한테 혼난단 말이야!"

오빠의 걱정 어린 목소리가 들렸지만, 나는 이미 계단을 뛰어 올라가고 있었다.

집으로 가는 내내 생각했다.

'다시는 오빠를 원망하지 않을 거야.'

『산고양이 길』은 아이들의 순수한 호기심과 모험심이 때로는 위험으로 이어질 수 있음을 보여주고자 한 작품입니다. 승지가 낯선 길을 탐험하며 겪는 경험은 아이들이 세상을 알아가는 과정이자, 그 속에서 마주하는 혼란과 성장을 상징합니다.

산고양이는 현실적 위험을 경고하는 목소리이며, 낯선 아저씨와의 사건은 아이가 맞닥뜨릴 수 있는 실제의 위협을 드러냅니다. 동시에 엄마에게 털어놓지 못하고 아빠와 소통하기 어려워하는 승지의 모습은 아이들 마음속 깊은 외로움과 고립감을 보여줍니다.

저는 이 작품이 아이들의 목소리에 조금 더 귀 기울이게 하고, 그들이 마주칠 '산고양이 길'을 지혜롭게 헤쳐나가길 바라는 마음으로 썼습니다.

산고양이 길

승지의 걸음걸이는 항상 더딥니다. 주위를 두리번거리고 가보지 않았던 길을 찾아다니기 때문입니다. 그러다 보니 승지에게는 지각이라는 꼬리표가 늘 따라다닙니다.

승지는 새로운 길 찾기를 좋아합니다. 요리조리 이어진 낯선 골목길을 따라가다 보니 어느새 목적지에 도착해 있기 때문입니다. 한번 길을 익히고 나니 동네를 자기 손바닥만큼이나 속속들이 잘 알게 되었습니다.

승지는 길을 하나하나 찾아 나설 때마다 새로운 이름을 붙였습니다.

여기는 '승지 길', 저기는 '무지개 길', 그리고 '산고양이 길'

하나같이 우스꽝스러운 이름이지만 승지에게는 모두 소중했습니다.

승지가 새로 찾은 길 중에는 뒷산으로 나 있는 '산고양이 길'

이 있습니다. 승지는 '산고양이 길'이 참 마음에 들었습니다. 왜냐하면, 산고양이를 만날 수 있기 때문입니다.

햇살이 좋은 오후입니다. 학원으로 향하던 승지는 놀이터에 들러 아이들이 있는지 살펴보았습니다. 놀이터에서 아이들의 흔적은 찾아볼 수 없었습니다.

"아무도 없네. 모두 어디로 갔지? 학원에 갔나?"

승지는 길가에 있는 작은 돌멩이를 발길질하며 걷기 시작합니다.

'오늘은 산고양이를 보러 가볼까?'

승지에게 문득 이런 생각이 떠올랐습니다. 승지는 평소에 다니던 '승지 길'이 아닌, '산고양이 길'로 향했습니다. 일부러 먼 길로 돌아서 가려는 것입니다. 그래야 학원에 조금이라도 늦게 도착할 것 같았습니다.

뒷산으로 이어지는 '산고양이 길'은 사람들이 다니지 않는 한적한 곳입니다. 아빠와 약수터에 가다가 우연히 발견하게 된 길입니다.

"산고양이야. 어디 있니?"

승지는 두리번거리며 산고양이를 찾아보았습니다. 어디선가 부스럭거리는 소리가 들렸습니다. 수풀 뒤쪽에서 나는 소리였습니다.

"너, 거기 있었구나!"

승지는 반가운 마음에 소리가 나는 곳으로 다가갔습니다.

'야옹'

수풀 뒤에 숨어있던 산고양이는 승지를 보기가 무섭게 쏜살같이 달아났습니다.

"어? 같이 가."

승지는 좁은 길을 요리조리 뛰어가는 산고양이를 놓칠세라 힘껏 뒤따랐습니다.

"휴우. 그렇게 빨리 뛰면 어떻게 해."

승지는 가쁜 숨을 몰아쉬며 말했습니다.

승지가 도착한 곳은 등산로와 연결된 너른 공터였습니다. 산고양이는 아무 일도 없었던 것처럼 나른하게 기지개를 켰습니다.

승지는 새침한 산고양이에게 가까이 다가갔습니다. 그때였습니다.

"얘. 꼬마야."

낮고 굵직한 목소리가 승지를 불렀습니다.

승지는 얼른 뒤를 돌아보았습니다. 공디에 낯선 아저씨가 서 있었습니다.

"아저씨 좀 도와줄래? 잠깐이면 되는데……."

"무슨 일인데요?"

한적한 곳에서 낯선 사람을 보게 되자 승지는 덜컥 겁이 났습니다.

"아저씨는 형사인데, 조금 전에 아저씨가 쫓던 범인이 이 산속으로 숨어 들어갔어."

"네."

"나 혼자서 올라가면 범인이 의심하고 도망갈 것 같아. 그러니까 네가 같이 가주면 아빠랑 딸이 등산하는 줄 알고 범인도 의심하지 않을 거야."

승지는 어떻게 해야 할지 고민이 되었습니다.

'음, 나쁜 사람들을 혼내주면 칭찬을 받겠지? 하지만 학원에

너무 늦으면 야단맞을 거야.'

아저씨는 승지의 머리를 쓰다듬으며 말했습니다.

"몹시 나쁜 일을 한 사람이라서 그래. 네가 도와주면 금방 잡을 수 있을 거 같은데."

승지의 마음은 아저씨를 얼른 따라가라고 보챘습니다. 하지만 눈앞에는 엄마의 화난 얼굴이 떠올랐습니다. 곰곰이 생각해보던 승지는 아저씨를 올려다보며 말했습니다.

"아저씨. 저 산에 올라갔다 내려오면 학원에 늦을 거고, 선생님은 지각했다고 야단치실 거예요. 엄마는 내가 나쁜 사람을 잡았다고 말해도 믿지 않을 거예요."

"너 혹시 이 아저씨가 형사가 아니라고 생각하는 거니?"

"아, 아니요."

승지는 고개를 설레설레 흔들었습니다.

"이것 봐."

아저씨는 윗도리에서 지갑을 꺼내서 승지에게 살짝 보여주었습니다. 사진도 있고 글씨랑 번호가 쓰여 있었지만, 자세히 볼 수는 없었습니다.

그러다 우연히 산고양이와 눈이 마주쳤습니다.

'따라가면 안 돼. 엄마가 모르는 사람을 따라가서는 안 된다고 했잖아. 저 아저씨를 따라가면 다시는 너랑 안 놀 거야.'

산고양이가 얘기하고 있는 것 같았습니다.

평소 같았으면 아저씨를 따라나섰을 것입니다. 하지만 오늘은 발길이 떨어지지 않았습니다. 아마 산고양이 때문인지도 모릅니다. 산고양이가 따라가지 말라고 붙잡았기 때문입니다.

"아저씨. 엄마한테 전화해서 허락받아야 해요. 잠깐만 기다리세요."

"얘. 한시가 급한데 언제 엄마한테 허락받는다는 거니. 금방 내려올 테니 빨리 갔다 오자."

아저씨는 승지의 손목을 힘껏 붙잡았습니다.

"아저씨. 아파요."

승지는 아저씨가 잡은 손목을 빼려고 애를 썼지만, 아저씨는 꽉 붙잡고 놓아주지 않았습니다. 갑작스러운 아저씨의 행동에 무서운 생각이 들었지만, 한편으로는 아저씨가 얼마나 급하면 그러겠냐는 생각도 들었습니다.

승지가 아저씨와 한참 실랑이를 벌이고 있는데, 또다시 부스럭거리는 소리가 들려왔습니다. 아저씨는 흠칫 놀라며 뒤를 돌아다보았습니다.

'야옹'

산고양이였습니다. 산고양이가 승지와 아저씨의 모습을 물끄러미 지켜보고 있었습니다.

"에이 관둬라!"

아저씨는 승지의 손을 뿌리치더니 뒤로 돌아서 가버렸습니다.

“네가 나한테 말 걸었지?”

승지가 산고양이를 보고 물었습니다.

산고양이는 아무 일도 없었던 것처럼 나른하게 기지개를 켰습니다. 너른 공터에 따가운 햇볕이 비쳤습니다.

“저기. 아, 아저씨.”

승지는 미안한 마음에 아저씨를 불러 보았습니다. 목소리가 너무 작아서 듣지 못했는지 아저씨는 뒤를 돌아보지 않았습니다. 멀리서 승지 또래의 여자아이가 다가오는 것이 보였습니다. 아저씨는 그 아이를 보고는 곧장 달려갔습니다. 조금 뒤, 여자아이와 아저씨는 함께 등산로를 오르기 시작했습니다. 아저씨와 그 아이는 진짜 아빠와 딸처럼 다정해 보였습니다. 승지는 그 모습을 멀거니 바라보았습니다.

“그냥 내가 같이 갈 걸 그랬나?”

조금은 후회가 됐지만 이렇게 된 이상 길 위에서 시간을 보낼 수는 없었습니다. 문득 떠오른 엄마의 얼굴이 승지의 마음을 보채고 있기 때문입니다. 승지는 학원을 향해 발걸음을 옮겼습니다.

“최승지! 넌 도대체 어떻게 된 애니?”

집으로 돌아온 승지는 엄마한테 호되게 야단을 맞았습니다. 승지가 매일같이 지각한다고 학원 선생님이 집으로 전화를 하셨기 때문입니다.

"사실은 아까……."

승지는 낮에 있었던 일을 얘기하려다 얼버무리고 말았습니다. 사실을 말해도 엄마는 믿지 않을 것입니다. 승지는 낮에 있었던 일은 비밀에 부치기로 마음먹었습니다.

아빠는 오늘도 늦게 오셨습니다.

"큰일이야. 경기가 너무 안 좋아서 매출이 오르지를 않아."

아빠는 한숨을 푹 내쉬며 말씀하셨습니다.

승지는 아빠가 힘들어하시는 모습을 보자 마음이 아팠습니다. 산에서 맑은 공기를 쐬면 건강에 조금이라도 도움이 될 것 같았습니다.

"아빠. 내일 뒷산에 있는 약수터에 가요."

승지가 말했습니다.

"아빠 피곤해. 그리고 내일도 회사에 나가봐야 하니까 다음에 가자."

아빠의 머릿속에는 온통 회사 생각으로 가득 차 있는 것 같았습니다.

승지는 일찌감치 방으로 들어가 문을 꼭 닫아 버렸습니다. 왜 그런지 모르지만 온종일 우울한 기분이 떠나지 않았습니다. 낮에 '고양이 길'에서 만난 아저씨와 여자아이의 뒷모습이 계속 떠올랐기 때문입니다. 승지는 아저씨를 따라가지 말라고 해놓고 모른

척한 산고양이에게 화가 났습니다. 또, 새침데기 산고양이의 말을 들은 자신에게도 화가 났습니다.

"그런데, 산고양이가 정말 나에게 말을 건 걸까?"

문득, 거실에서 텔레비전을 보고 계시던 엄마와 아빠의 말소리가 크게 들려왔습니다.

"어머머! 세상이 어떻게 되려고 그러는지…… 쯧쯧."

엄마는 '어머머'를 연발하고, 아빠는 혀를 '끌끌' 차셨습니다. 무슨 사건인지 자세히 모르지만, 뒷산이 어쩌고저쩌고하는 얘기가 무심결에 들려왔습니다. 승지 동네에서 일어난 사건이 분명했습니다. 순간, 승지의 머릿속에는 낮에 있었던 일이 떠올랐습니다.

"아저씨가 사건을 해결하셨구나!"

승지는 잠자리에 들기 전에 '산고양이 길'에서 있었던 일을 다시 떠올려 보았습니다.

'그 여자애 대신 내가 아저씨를 따라갔으면 오늘 뉴스에 나왔을 거야. 그랬으면 엄마, 내가 거짓말한 게 아니라는 것을 아실 텐데…….'

생각이 여기에 미치자 아쉬운 마음은 더욱 커져만 갔습니다.

"그런데 그 여자애는 어떻게 되었지?"

승지는 자기 대신 아저씨를 따라나섰던 여자아이가 궁금했습니다.

"분홍색 머리띠를 했어. 키는 나랑 비슷하고. 그런데 그 아이는 왜 '산고양이 길'로 왔을까? 그 아이도 나처럼 산고양이를 만나러 온 걸까? 혹시 나처럼 학원에 가기 싫었던 걸까?"

그 아이의 얼굴을 떠올려봤지만, 자세히 기억이 나지 않았습니다.

"그 아이와 다시 만나면 친해질 수 있을 텐데……."

궁금한 게 많았지만, 오늘은 너무나 많은 일이 일어났습니다. 승지는 그렇게 피곤한 몸으로 잠을 청했습니다.

다음 날 아침, 승지는 뜻밖에 반가운 소식을 들었습니다. 엄마가 학원에 가지 않아도 좋다고 하신 것입니다.

"정말 안 가도 돼?"

"그래. 그 대신 엄마랑 약속 하나 해."

"뭔데?"

"앞으로는 새로운 길 찾는다고 길에서 시간을 낭비하면 안 돼."

잠깐 망설였지만, 승지는 엄마와 약속하고 말았습니다.

"아 참! 그리고 승지야. 혼자서 뒷산 약수터에 가면 안 돼. 알았지?"

약수터에 가려면 '산고양이 길'을 지나가야 합니다.

"왜요?"

"하여튼 안 돼."

엄마가 어찌나 힘주어 말씀하시는지 승지는 엄마의 말씀을 꼭 들어야 할 것만 같습니다.

'이제는 '산고양이 길'로 다니지 못하는 걸까? 그럼, 산고양이와 그 아이도 못 만나겠지?'

승지는 앞으로 산고양이를 만나지 못한다고 생각하자 너무 아쉬웠습니다. 새로운 친구를 만날 수 없다는 것도 못내 서운했습니다. 하지만 '산고양이 길'을 잃는 것보다 학원을 가지 않는 게 더 좋았습니다. 승지는 이제 '산고양이 길'을 잃게 된 것입니다.

『거울 너머, 온 아름』은 동생에게 빼앗긴 사랑 때문에 불만을 품은 주인공 '온 아름'이 거울 속 세계를 경험하며 가족의 진정한 의미를 깨닫는 이야기입니다.

거울 속 세계는 아름이의 질투심이 반영된 공간으로, 동생이 사라지고 부모님의 사랑을 독차지하지만 결국 깊은 불안과 상실감을 마주하게 됩니다.

동생을 되찾으려는 과정에서 아름이는 자신이 진정으로 원했던 것이 무엇인지 깨닫고, 진심 어린 사랑이 상실의 고통을 극복하는 힘이 됨을 알게 됩니다.

이 이야기를 통해 가족의 존재가 얼마나 소중한지, 그리고 그 사랑을 지키기 위한 노력이 얼마나 중요한지를 독자들에게 전달하고 싶었습니다.

거울 너머, 온 아름

"아름아. 미안하지만, 주말 동물원 가는 건 다음으로 미뤄야겠다."

아빠는 내 눈을 피하며 조심스럽게 말했다.

"네? 갑자기 그런 게 어디 있어요? 내일 가기로 약속했잖아요!"

나는 즉시 아빠의 팔에 매달려 억지를 부리며 보챘다.

"아이고, 다 큰 애가 왜 그러니……."

엄마는 어색한 미소를 지으며 내 볼을 꼬집었다. 그 미소는 나를 달래는 것보다는 이 상황을 서둘러 무마하려는 것처럼 느껴졌다.

"싫어요! 갑자기 그런 게 어디 있어요? 분명히 약속했잖아요!"

내 투덜거림이 짜증으로 변하자 엄마는 곤란한 듯 한숨을 쉬며 아빠를 힐끔 쳐다봤다. 그 시선 속에는 '당신이 알아서 잘 해결

하라'라는 무언의 압력이 담겨 있는 듯했다.

"그래, 누리도 며칠 아팠고, 아빠가 바쁘기도 하고…… 그러니까 다음 주에 가자, 아름아."

아빠는 미안함이 섞인 웃음을 지으며 말했다.

또 누리란다. 요즘 우리 집은 온통 누리를 중심으로 돌아가는 것 같다.

내 이름은 온아름. '온갖 아름다운 것을 다 가지고 태어났다'라는 뜻이란다.

남동생 이름은 온누리. 이름부터 범상치 않다. '세상을 다 가졌다'라는 뜻이란다.

누리는 이제 막 걸음마를 배우는 중이다.

"아이고, 잘한다!"

엄마가 환하게 웃으며 칭찬하자마자 누리가 쿵 넘어졌다.

"앙!"

누리는 엉덩방아를 찧고 울음을 터뜨렸다. 한 발짝 걷다가 넘어지고, 또 걷다가 넘어지고. 흥, 저런 바보 같은 녀석 때문에 주말 소풍이 깨지다니. 뭐가 그리 예쁜 건지…….

나는 엄마 아빠가 누리만 예뻐하는 게 못마땅했다.

"아름아, 누리 기저귀 좀 가져다줄래? 안방에 있을 거야."

엄마의 목소리에는 동생 때문에 일정이 취소된 것에 대한 미안함은 없었다. 대신 쉴 틈 없이 누리를 돌보느라 지친 기색과 함께 짜증이 잔뜩 묻어 있었다.

"지금 숙제하고 있어요."

나는 심부름하기 싫어서 얼버무리듯 대답했다.

"너, 지금 엄마 말 못 들었니? 온종일 누리 때문에 엄마가 얼마나 정신이 없는데! 그거 잠깐 가져다주는 게 그렇게 힘들어?"

엄마가 날카로운 목소리로 말했다.

동물원에 못 가게 된 것도 억울한데, 엄마에게 싫은 소리까지 들으니 더 화가 치밀었다. 엄마는 몸이 아프실 때도, 아빠와 다투실 때도 이렇게 날 선 목소리로 화를 내신 적은 없었다. 누리가 엄마에게 세상에서 가장 소중한 존재라는 걸, 오늘따라 더 뼈저리게 느꼈다. 결국, 나는 짜증이 가득 담긴 봉투를 낚아채듯 들고 동생 방에 가져다 놓았다. 엄마의 잔소리가 등 뒤에 꽂히는 것 같았지만 애써 무시했다.

나는 엄마의 시선을 피한 채 거실을 가로질러 내 방으로 들어가 문을 힘껏 닫았다. '쾅' 하고 울린 소리가 마음속 답답함을 대신 전하는 것 같았다.

좀처럼 마음이 가라앉지 않았다. 책상에 앉아 공부하려 했지만, 집중이 안 됐다. 핸드폰으로 게임을 해도 짜증만 밀려왔다. 결국, 나는 방안을 서성거리기 시작했다.

문득 거울 속의 내가 눈에 들어왔다. 그런데 뭔가 이상했다. 화가 잔뜩 난 탓일까? 거울 속 내 얼굴은 평소와 달랐다. 분명 내 얼굴인데, 눈매는 더 날카롭게 치켜 올라가 있고 입꼬리는 싸늘하게 내려가 다른 사람처럼 보였다.

기분이 우울해서 그런가? 아니면 낮에 거울을 봐서 그런 건가?

나는 거울 속 내 모습을 자세히 들여다봤다.

'눈도, 코도, 입도 예쁘기만 한데, 왜 부모님은 누리만 좋아하는 걸까?'

나는 한숨을 쉬며 거울 속의 나를 멍하니 바라보았다. 그러다가 무심코 혼잣말이 새어 나왔다.

"누리가 없으면, 엄마 아빠가 나한테 좀 더 잘해줬을까? 내 세상이 달라졌을까?"

그 순간, 거울 속의 내가 느리고 기묘하게 고개를 끄덕이는 것처럼 보였다.

나는 놀라서 몸을 움츠리며 황급히 눈을 비볐다.

'착각이겠지. 너무 화가 나서 헛것이 보인 거야.'

하지만 등골이 오싹해지는 찝찝한 기분을 떨칠 수 없었다. 불안감 때문인지, 왠지 모르게 뜨거운 눈물이 볼을 타고 한 방울 뚝 떨어졌다.

세수하려고 욕실로 향했다. 그런데 집 안이 이상할 만큼 조용했다. 누리의 울음소리나 딸랑이를 흔드는 소리가 들려야 하는데, 아무 소리도 들리지 않았다.

"뭐지? 갑자기 왜 이렇게 조용하지?"

나는 걸음을 멈추고 주위를 둘러봤다. 그제야 이상한 일이 시작됐음을 깨달았다.

'혹시 정말 누리가 사라졌을까? 아니야. 그럴 리 없을 거야.'

하지만 조금 전 거울에다 했던 말이 자꾸 떠오르며 불안감이 몰려왔다. 애써 마음을 다잡으며 스스로를 위로했다. 하지만 그때부터 '응애' 하는 누리의 울음소리가 환청처럼 끈질기게 머릿속에서 맴돌기 시작했다.

"그 조그만 녀석이 없어진 게 왜 이렇게 신경 쓰이지? 내가 이런 거로 초조해할 리가 없는데……."

나는 불길한 마음을 감추고 엄마에게 물어보기로 했다.

"엄마, 누리는 어디 있어요?"

안방 문을 벌컥 열고 다급히 물었다.

엄마는 개던 옷가지 위로 고개를 들고 나를 바라보았다. 그리고 낯선 질문을 들은 것처럼 의아하다는 듯 고개를 갸웃거리며 대답했다.

"누리? 글쎄, 누리가 누구니?"

엄마의 말에 나는 당황했다.

"엄마, 지금 장난하는 거죠?"

농담이라고 생각했는데, 엄마의 표정을 보니 장난을 하는 게 아닌 것 같았다. 엄마는 진짜 누리가 모르는 눈치였다.

"누리가 없어졌는데, 엄마는 지금 뭐하고 계신 거예요?"

아무리 둘러봐도 누리는 보이지 않았다.

나는 정신없이 집 안을 샅샅이 뒤졌다. 안방, 내 방, 거실, 심지어 화장실까지. 하지만 누리의 흔적은 어디에서도 찾을 수 없었다. 누리가 감쪽같이 사라진 것이다.

"아빠! 누리 어디 있어요?"

나는 숨이 가쁘게 아빠에게 외쳤다. 그러나 아빠는 아무 말도 하지 않은 채, 멍하니 내 얼굴만 바라볼 뿐이었다.

심장이 철렁 내려앉았다. 목은 소리치느라 따끔거렸고, 가슴은 답답하게 조여왔다. 물 한 모금으로 겨우 숨을 고르고 있는데, 안방에서 들려오는 부모님의 대화가 내 귀를 파고들었다.

"아름이가 좀 이상해진 것 같아요. 요즘 사춘기라 그런가?"

엄마의 조심스러운 말 뒤에, 아빠가 한숨을 내쉬며 답했다.

"그러게. 혹시 어디 아픈 건 아닌지 걱정되네. 당신도 애 앞에서 살 뺀다고 밥 안 먹는 모습 좀 보이지 말고, 아름이 건강 챙겨요. 내일 병원에 데려가 봅시다."

나는 그대로 얼어붙고 말았다. 부모님의 기억 속에서 누리가 송두리째 사라져버린 것이다. 세상이 순식간에 낯설고 공허하게 느껴졌다. 누리가 없으면 좋을 줄 알았는데 전혀 그렇지 않았다. 온 세상에 나 혼자 버려진 듯한 두려움이 가슴을 짓눌렀다. 내 동생이 없는 이 세상은 내가 알던, 내가 속해야 할 세상이 아니었다.

'누리를 어떻게 찾아야 하지? 경찰에 신고해도 엄마 아빠가 누리를 기억하지 못한다면, 오히려 내가 이상한 사람 취급을 받을 거야. 설마…… 거울 앞에서 했던 그 말 때문에 누리가 사라진 걸까?'

죄책감이 파도처럼 몰려오자 가슴이 꽉 막히고 금방이라도 터져버릴 것 같았다. 숨이 가빠져 견딜 수 없던 나는 다시 거울 앞에 섰다. 그리고 간절한 목소리로 애원했다.

"제발…… 누리를 찾게 해줘. 제발, 누리를 돌려줘!"

그 순간, 믿기 힘든 일이 벌어졌다. 거울 속에 비친 내가 천천히 입을 열었다.

"이게 다 네가 원했던 일이 아니니?"

"누, 누구야? 너는 도대체 뭐야?"

놀라움과 두려움에 뒤로 물러서는 내게, 거울 속의 내가 섬뜩하게 대답했다.

"나는 너야. 너이자 또 다른 너."

순간, 거울 속 어딘가에서 누리가 기어가는 모습이 스치듯 나타났다.

"누리야!"

나는 반사적으로 뒤를 돌아봤지만, 방 안에는 아무도 없었다.

다시 거울을 바라보았을 때는 평소의 내 모습과 방의 풍경만 비치고 있었다.

‘누리를 봤어! 누리는 거울 속에 있는 게 틀림없어.’

심장이 쿵쿵 뛰었고, 머릿속은 복잡하게 얽혔다. 하지만 결론은 단 하나였다. 누리를 되찾으려면 거울 속으로 들어가야 했다. 거울로 들어가는 방법을 찾아야 한다.

눈물을 닦고 조심스럽게 거울에 손을 가져다 댔다. 내 손이 거울에 닿는 순간, 물속으로 손을 넣는 것처럼 거울 표면이 흔들렸다. 차갑고 딱딱할 거로 생각했지만, 전혀 그런 느낌이 아니었다. 숨을 크게 쉬고 손을 더 깊이 밀어 넣었다. 거울은 자연스럽게 내 손을 삼켰고, 곧 내 몸 전체가 거울 속으로 빨려 들어갔다.

*

나는 내 방에 서 있었다. 겉보기엔 분명 내 방과 똑같았다. 하지만 무언가 달랐다. 모든 게 똑같으면서도 뒤집혀 있었다. 왼쪽에 있던 책상이 오른쪽에, 오른쪽에 있던 침대가 왼쪽에 있었다. 익숙하지만 낯선 풍경에 소름이 돋았다.

나는 용기를 내 거울 속 세계로 발을 내디뎠다. 거실 구석에는 누리가 굴리던 작은 공이 있고, 식탁 위에는 반쯤 마신 우유병이 놓여 있었다.

“누리야!”

나는 집 안을 돌아다니며 누리를 찾았지만, 엄마도, 아빠도, 그리고 이곳에 살던 '또 다른 나'조차 없었다. 집은 텅 비어 있었다.

"왜 아무도 없는 거지?"

불안이 목덜미를 서늘하게 감싸며 가슴을 조여왔다. 그때, 아빠가 동물원에 가자고 했던 기억이 번뜩 떠올랐다.

"동물원에 갔을지도 몰라. 누리도 분명 거기 있을 거야."

절망 속에서 한 줄기 희망이 피어올랐다. 더는 지체할 수 없었다. 서둘러 동물원으로 가기 위해 문을 열고 집 밖으로 나왔다.

낯선 풍경이 눈앞에 펼쳐졌다. 길거리는 분명 내가 아는 모습인데, 어딘가 비틀려 있었다. 간판의 글씨는 좌우가 뒤바뀌어 읽기 어려웠고, 자동차들은 내가 알던 세상과 반대로 좌측으로 달리고 있었다.

'여긴 정말 거울 속 세상이야.'

심장이 두근거리고 다리가 저절로 빨라졌다. 두려움보다 누리를 만나야 한다는 간절함이 더 컸다.

동물원은 사람들로 붐볐다. 아이들의 웃음소리와 사람들의 소음이 한데 얽혀 귀가 어수선했지만, 내 시선은 오직 한 곳만을 향하고 있었다.

'엄마 아빠는 어디에 있지? 누리를 찾으려면 어디로 가야 하는

거야?'

　작년 가을, 가족과 함께 동물원에 왔던 기억을 애써 되살렸다. 우리 가족은 물개 쇼를 좋아했다. 그래서 동물원에 오면 단 한 번도 빠지지 않고 그곳을 찾았다. 분명히 이 거울 속 세상의 엄마와 아빠도 물개쇼장 근처에 계실 거라는 확신이 들었다.

　두근거리는 가슴을 부여잡고 물개쇼장으로 달려갔다. 도착하자 까치발을 들고 사람들 사이로 고개를 내밀었다. 그리고 엄마, 아빠, 그리고 누리를 발견했다.

　심장이 쿵 하고 내려앉았다. 누리를 찾아서 기뻤지만, 바로 다가서지 못했다. 그들 곁에 또 다른 '내'가 있었기 때문이다.

　'저건…… 아까 거울 속에서 본 나잖아!'

　숨이 턱 막혔다. 나는 황급히 근처 나무 뒤로 몸을 숨겼다. 나뭇잎 사이로 고개를 내밀고 우리 가족의 동태를 살폈다. 거울 속의 내가 가족 곁에서 천천히 일어나 어딘가로 향하고 있었다.

　'어디 가는 거지? 화장실? 아니면 매점?'

　나는 조마조마한 마음으로 그 뒷모습을 지켜봤다. 잠시 후, 가족 곁에는 엄마와 아빠, 그리고 누리만 남았다. 그 순간, 나는 지금이 바로 절호의 기회라는 것을 깨달았다.

　'지금이야!'

　가슴이 쿵쾅거렸지만, 나는 망설임 없이 뛰쳐나갔다.

　"어? 아름아. 왜 다시 왔어? 솜사탕은 벌써 다 먹었니?"

아빠가 농담 섞인 미소로 나를 바라봤다.

머리가 새하얘졌지만, 최대한 침착한 척 대답했다.

"어…… 누리랑 같이 가도 되죠?"

"그럼. 누리 잘 챙겨야 한다."

아빠가 유모차를 가리키며 웃었다.

나는 주머니 속 딸랑이를 꺼내 누리 앞에서 흔들었다.

"누리야, 이거 봐!"

눈부신 듯 누리가 환하게 웃으며 내 품으로 와락 안겨왔다. 그 따뜻한 체온이 팔을 타고 퍼져 오자 눈물이 왈칵 쏟아질 뻔했다.

'다시 데려가야 해. 우리 집으로 돌아가야 해.'

나는 누리를 품에 안고 정신없이 달리기 시작했다.

"돌아온 길로 가면 될 거야. 그렇지? 분명 그럴 거야."

하지만 생각처럼 쉽지 않았다. 누리는 내 품이 불편한지, 아니면 엄마를 그리워하는 건지 작은 손으로 내 어깨를 밀치며 칭얼대더니 이내 울음을 터뜨렸다.

"누리야, 조금만 참아줘. 곧 집에 갈 수 있어."

나는 떨리는 목소리로 다독이며 달렸다.

그러나 마음 한구석에서는 불길한 의문이 고개를 들었다.

'정말 제대로 돌아갈 수 있을까? 아니면 이곳에서 영영 길을 잃는 건 아닐까?'

두려움이 몰려왔지만 멈출 수 없었다.

나는 누리를 안은 두 팔에 힘을 더 주고, 땀에 젖은 얼굴로 오직 앞으로만 내달렸다.

"야, 거기서 멈춰!"

그때였다. 거울 속 세계의 또 다른 내가 나를 뒤쫓아오기 시작했다.

나는 누리를 안고 온 힘을 다해 달렸다. 심장이 터질 듯 뛰었지만 멈출 수 없었다.

"내 동생 돌려줘!"

거울 속 내가 점점 가까워지는 소리가 들렸다.

재빨리 주변을 살피다 화장실 문을 발견했다.

"화장실이라면 거울이 있을 거야!"

나는 망설임 없이 화장실 문을 열고 안으로 들어갔다.

안에는 거울이 있었다. 어깨는 아프고 다리는 후들거렸지만, 마지막 힘을 짜내어 누리를 꼭 안고 거울 앞으로 달려갔다. 그리고 떨리는 손으로 거울을 향해 뻗었다. 하지만 아무런 변화도 없었다.

"어? 왜 안 되는 거지?"

혼란스러웠다. 가슴속에서 점점 더 큰 불안감이 밀려왔다.

그때, 누리가 눈을 뜨고 울음을 터뜨렸다.

"으앙!"

"누리야, 울지 마. 누나랑 같이 집으로 돌아가자. 꼭 다시 갈 수 있을 거야."

누리의 울음소리에 나도 모르게 눈물이 뚝뚝 흘러내렸다. 뺨을 타고 흐르는 물방울은 턱 끝에서 맺혀 떨어졌다.

나는 손등으로 눈물을 닦으며 다시 한번 거울에 손을 내밀었다. 눈물 젖은 손가락이 거울 위에 닿자 은빛 표면이 미세하게 흔들렸다. 그리고 물에 발을 담그는 듯 서늘한 감촉이 스며들었다. 거울 표면은 파문을 그리며 갈라지고, 내 손은 점점 거울 속으로 빨려 들어갔다. 팔, 어깨, 그리고 온몸이 천천히 잠기듯 삼켜졌다.

"그래, 바로 이거였어! 눈물이 열쇠였던 거야!"

나는 마지막 힘을 다해 몸을 밀어 넣었다. 차갑고 무거운 압력에 눌려 숨이 막힐 듯했지만, 정신을 잃지 않으려고 안간힘을 썼다. 갑자기 졸음이 밀려왔다. 잔잔한 물소리와 누리의 울음이 희미하게 들렸다. 빛과 그림자가 뒤엉킨 회오리가 눈앞에서 터져 나오더니, 몸이 아래로 가라앉는 듯하다가 갑자기 솟구쳤다.

*

눈을 뜨니 익숙한 내 방 천장이 보였다. 하지만 방 안은 어딘가 낯설게 느껴졌다. 뛰고 울었던 탓인지 가슴이 거칠게 오르내렸고, 눈가에는 아직 따뜻한 눈물이 맺혀 있었다. 몸은 물속을 오래 헤엄치고 나온 듯 축 늘어져 있었다.

귀를 기울이자 바람 소리 같은 잔향이 귓가에 맴돌았다. 거울 속에서 들리던 파문 같은 울림이 아직도 방 안 어딘가 숨어있는 듯했다. 책상 위에 놓인 거울 표면은 아무 일도 없었다는 듯 고요했지만, 금세라도 다시 물결칠 것처럼 은은한 빛이 스쳐 지나갔다.

나는 무릎을 끌어안고 방안을 두리번거렸다. 분명 돌아왔는데, 이곳이 진짜 내 세상인지 확신할 수 없었다.

'다시 돌아온 걸까? 아니면 아직 거울 속 세상일까?'

누리를 품에 안고 침대에 기대어 숨을 고르는데, 현관문 여는 소리가 들려왔다.

엄마가 활짝 웃으며 방으로 들어왔다.

"세상에! 아름이가 누리를 돌보느라 땀까지 흘렸네."

엄마의 따뜻한 말에 이어 아빠도 방으로 들어와 웃으며 말했다.

"아이고, 우리 딸이 언제 이렇게 다 컸을까. 다음 주말에는 정말 동물원에 가자, 아빠가 꼭 약속 지킬게."

아빠는 내 품에서 누리를 건네받아 토닥이며 안방으로 향했고, 엄마는 젖은 수건으로 내 얼굴을 구석구석 부드럽게 닦아주었다.

온몸에서 땀이 비 오듯 쏟아져 옷이 다 젖어 있었다.

"네가 누리 잘 봐준 덕분에 엄마 아빠 둘이서 모처럼 편하게 식사하고 왔어. 동생 돌보느라 많이 힘들었지?"

기억나지는 않지만, 아마도 내가 먼저 엄마 아빠에게 나가서 식사하고 오라고 말했던 모양이다.

"엄마. 전, 이제 괜찮아요."

나는 애써 아무렇지 않은 척 대답했다.

엄마에게 잠시나마 휴식을 주었다는 생각이 들자 스스로가 대

견하게 대견하게 느껴졌고, 지쳤던 마음도 조금은 풀리는 듯했
다.

"아름아, 목욕하고 나와. 엄마가 네가 제일 좋아하는 피자 사
왔어."

엄마는 환하게 웃으며 덧붙였다.

"아름아, 정말 고마워."

엄마의 말을 듣자 눈물이 핑 돌았다.

나는 얼른 화장실로 향했다. 따뜻한 물줄기가 온몸을 감싸자
긴장이 서서히 풀렸다. 문득 한 가지 의문이 떠올랐다.

'내가 정말 거울을 넘어 누리를 데려온 걸까? 아니면 이 모든
것이 누리를 질투했던 내 마음이 만들어낸 길고 생생한 꿈이었
을까?'

현실과 환상의 경계가 흐릿해지며 조금 전 겪었던 모험이 꿈인
지 실제인지 혼란스러웠다.

물기를 닦고 방으로 돌아오는 길에 무심코 안방 문을 살짝 열
어보았다. 누리는 이불을 꼭 끌어안은 채 깊은 잠에 빠져 있었
다. 다행이라는 안도감에 가슴이 따뜻해졌다.

방으로 들어와 옷을 갈아입으려는데, 무언가가 '툭' 하고 바닥
에 떨어졌다. 고개를 숙여서 주워 보니 손바닥만 한 종이 한 장
이었다. 순간 심장이 멎는 듯했다.

'거울 속에서 갔던 그 동물원의 입장권……'

나는 입장권을 두 손으로 꼭 쥔 채 눈을 감았다. 낯설고 두려웠던 순간들이 스쳐 갔지만, 동시에 다시는 잊을 수 없는 가족의 얼굴도 떠올랐다.

'다음번엔 반드시 진짜 가족들과 함께 가야지. 더는 혼자서 도망치지 않을 거야.'

손에 꼭 쥐여 있는 입장권은 앞으로 나아가야 할 길을 가리키는 표지판 같았다.

작가의 말

이 책은 제 창작의 뿌리였던 다섯 편의 이야기를 한데 모은 단편집입니다. 서로 다른 해와 장소에서 쓰였습니다. 흩어져 있던 이야기들이 한 권으로 모이는 과정을 통해, 저에게도 아직 정리되지 않았던 질문들이 모습을 드러냈습니다. 어느 때는 골목의 소음 속에서, 어느 때는 오래된 기념비 앞에서, 또 어떤 날엔 거울 속 어딘가에서 각 작품은 저마다의 방식으로 '자리'와 '기억'을 묻고 있었습니다.

『내 자리』에서는 행궁동의 익숙한 골목과 성곽을 배경으로 아이들이 자기만의 자리를 찾아가는 모습을 그렸습니다. 작은 사건을 계기로 지역의 풍경과 역사를 새롭게 바라보며, 서로의 존재를 확인하고 함께 살아가는 삶의 의미를 탐색하고자 했습니다.

『기억을 걷는 시간』은 치매라는 현실의 고통을 '시간여행'이라는 판타지적 장치로 풀어낸 이야기입니다. 전쟁의 흔적과 한 사람의 삶이 남긴 서사를 통해, 잃어가는 기억을 단순한 결핍으로만 보지 않고 누군가의 삶을 구성해온 소중한 조각으로 바라보려 했습니다.

『엘리베이터, 13층』은 13살 정연의 사춘기적 고뇌와 가족 갈등을 정면으로 마주합니다. 이마의 흉터, 멈춘 엘리베이터, 놀이터에서의 사건, 사소해 보이는 사건들이 소녀에게 자기 내면을 들여다보게 하고, 오해와 원망이 결국 자기 자신으로부터 비롯되었음을 깨닫게 하는 과정을 담았습니다.

『산고양이 길』은 아이들의 호기심과 모험심이 때로는 현실적 위험과 맞닿는 순간을 그립니다. 낯선 어른과의 조우, 말하지 못한 불안, 어른들로부터 이해받지 못하는 소외감은 아이들이 세상과 관계를 맺으며 배우는 중요한 생존의 경험들입니다. 이 이야기는 아이들의 목소리를 진지하게 들어야 한다는 요청이기도 합니다.

『거울 너머, 온 아름』에서는 질투와 상실, 회복의 서사를 거울이라는 장치로 시각화했습니다. 누리를 '사라지게 해달라'고 바랐던 마음이 거울 속에서 실현되지만, 그 속에서 마주한 공허와 불안은 결국 동생을 되찾으려는 진심으로 이어집니다. 아름이의 진심 어린 눈물이 거울 속 세계를 빠져나오는 열쇠가 된다는 설정은, 진심이 고난을 이겨내는 힘이 된다는 사실을 보여주는 장치입니다.

이 이야기들은 각기 다른 소재와 주제를 다루고 있습니다. 하지만 이들을 관통하는 하나의 공통점이 있다면, 그것은 성장통에 관한 이야기라는 것입니다.

우리는 자라면서 자리를 잃기도 하고, 기억을 놓치기도 하며, 때로는 서로를 오해하기도 합니다. 그 과정은 고통스럽고 외롭지만, 동시에 예상치 못한 깨달음과 연대로 이어지기도 합니다.

저는 이 책을 통해 아이들의 순수한 시선과 어른의 상처가 마주칠 때 생겨나는 미세한 진동들을 포착하고 싶었습니다. 아이들의 순수한 시선과 복잡한 내면을 통해, 잊고 지냈던 우리의 성장통을 다시 한번 되새겨보고 싶었습니다.

이야기 속 장치들 "로컬의 풍광", "환상적 시간여행", "멈춘 엘리베이터", "산고양이의 경고", "거울의 반영"은 무거운 주제를 부드럽게 건너게 해주는 통로였습니다.

이 책을 읽는 동안, 독자 여러분이 각 이야기 속에서 자신의 '자리'와 '기억'을 마주하길 바랍니다. 잠시 멈춰 과거의 흔적을 돌아보고, 지금 곁에 있는 이들의 얼굴을 다시 한번 떠올리는 시

간이 되기를 소망합니다. 그리고 마지막 페이지를 덮을 때, 한
뼘 더 성장한 자신을 마주할 수 있다면, 작가로서 더할 나위 없
이 기쁠 것입니다.

2025년 가을
권요원

내 자리 찾기

권요원 지음

발   행 | 2025년 10월 30일
펴낸이 | 권지연   펴낸곳 | 소울크로싱
만든이 | 편집부   제조국 | 한국
연   령 | 12세 이상
등   록 | 2021.11.10.(제2021-000101호)
주   소 | 경기도 안산시 단원구 선감로 101-19 선감생활동 203호(경기창작캠퍼스)

soul-crossing.tistory.com
ⓒ 권요원 2025
ISBN 979-11-976777-0-0

「이 도서의 국립중앙도서관 출판예정도서목록(CIP)은 서지정보유통지원시스템 홈페이지(seoji.nl.go.kr)와
국가자료공동목록시스템(www.nl.go.kr/kolisnet)에서 이용하실 수 있습니다.